KB022414

맥 울음

맥 울음

박병대

불교문예시인선 057

불교문예

■ 시인의 말

삶을 등지는 소식이 많아졌다
그때마다 슬프고 아프고 미웠다
측은함의 절정이 삶을 등지는 것인가

맥 울음으로 절망 헤쳐 가는 이들에게
보도블록 틈새 뿌리내린
민들레 마음을 전한다

하루를 살아가는 발걸음으로
생명과 자연의 맥을 잇고
인드라망을 사유한다

일상의 생활상으로 글을 쓰며
나와 함께 이어진 자연을 벗하는
텅 빈 공명의 소리가 맥을 탄다

2023년 8월 4일
영락헌靈樂軒에서 박병대

차례

■ 시인의 말

1부

2부

3부

4부

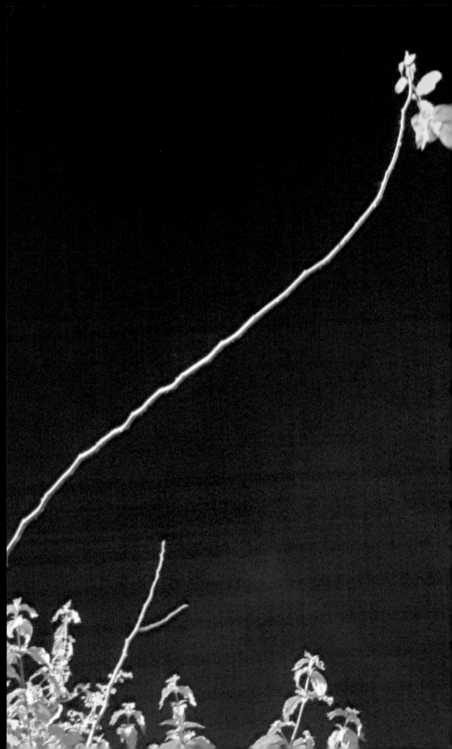

1부

노을 1

불타의 세계가 저럴 것이다

내 안의 우주가 화엄으로 물들어

보리심이 만발한다

무궁히 여여하라

어둠에 등촉 하나 밝히는 세계

범종의 맥 울음처럼 퍼져가는 소원 하나

화엄으로 피어났다

노을 2

정릉천 산책 가는 길
불타는 노을에 마음 설렌다
하늘이 몇 잔 술에 취했을까
술 한 잔에 발그레한
내 얼굴보다 붉구나
정릉천 물은 오늘도 육보시하며
생명 살리는 천리 길 가는데
고작 팔천칠백보 뚜벅거렸다

구름갈비

구름이 맑고 곱다
눈부신 태양의 옷 입고
실한 구름갈비 늘어놓고
맘껏 먹고 기운 차리라고 한다
기운 없는 것을 어찌 알았을까
전동차 유람으로 냉찜질이나 할까

밖에 나가면 축, 어깨 늘어진 사람들
참 많다
밖에 나가면 사나운 얼굴의 사람들
참 많다
밖에 나가면 깔깔 웃는 어린애들
참 반갑다

발광發光

정릉천 폭포 물거품이 눈부시다
정갈한 백색 포말 잠시 머물다
숨김없이 속내 드러내는
거짓 없는 정직함이 참 좋다
푸른 생명 살리며 굽이굽이 가는 길
귓속 파고드는 맑은 아우성

밤하늘 상현달 고요한 침묵
내려다보는 세상은 관조할만하신가
먹빛 하늘 발광은 여래의 세상인가
마음 아픈 슬픈 존재들의 지향인가
덩달아 침묵으로 발광發光하는 밤
부엉이는 멀리서 부~엉

나의 세계

황홀하다
장엄한 천상계
내 영혼도 저와 같이
황홀한 장엄세계이다

누가 나의 세계에 오려나
고운님들 곱게곱게 다녀가려나
오늘 처음 만난 고운 님
덮어놓고 내게 형님이란다

그의 영혼도 황홀하였다
속계도 이리 황홀하다면
하나님 부처님도 필요 없고
방황이라는 말도 전설이 되겠다

사람은 위로받고 싶어 한다
거기에 위로가 있다고 믿으며
오늘도 할렐루야 노래하고
관세음보살을 염불한다

1시간

까만 하늘에 번개가 이어진다
세상은 찰나에 밝았다 어둠이다
부싯돌 번쩍이듯 빛줄기가
북한산을 수놓았다
번쩍이는 번개에 답답한 속이 후련해진다
천둥도 귓속 파고든다
1시간 통쾌함에 머물러
하늘의 뜻 헤아렸다
불길한 예시인가
세상이 삐꺽거리니
하늘이 걱정하는
빗소리 아우성이 흐른다

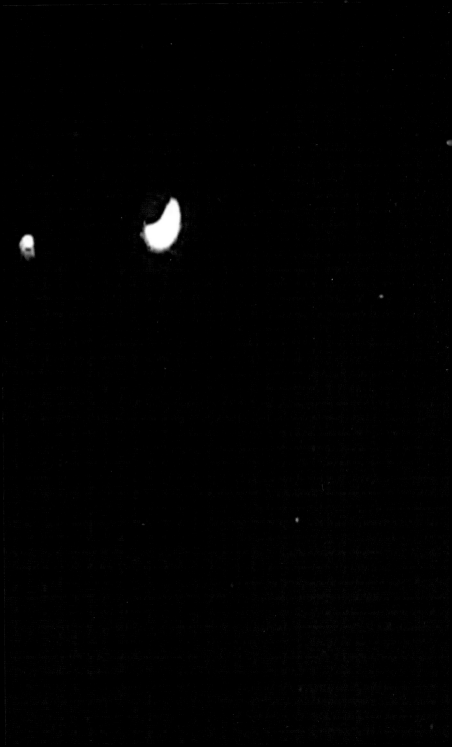

별잔치

상현달과 별잔치 하는 날
좋은 일이 마구마구 생길 것 같다
싹싹 눈 비벼도 보이지 않던 별
상현달이 길벗으로 데려왔나 보다
상현달이 벌려놓은 별잔치는
마음 배부르게 하는 잔치
명상의 수행동반자가 반갑지
꾹 다문 입이라도
눈빛만 있으면 되지

모든 사탕은 다 먹어도
별사탕은 먹지 말거라
하늘에 별 뜨게

소풍

각지各地 벗들 청주에 모였다
시끌시끌하다
모두 찢어진 입, 귀에 걸렸다
상당산성 구경하고
청남대 관리소장 브리핑도 받았다

관리소장실 시끌시끌하였다
고흐 전시 관람하고
대통령 숙소 구경하며
역시 사람은 출세해야 돼!!
웅얼중얼하였다

모텔 방 그림 그리는 벗과 한 방 썼다
밀린 숙제 한다며
초상화 캔버스 세워놓고 페인팅한다
누구냐고 물으니 소설가 이청준이란다
슬며시 밖으로 나가 새벽거리 걸었다

서울 와서 함께 벗의 판넬 찾으러 인사동에 갔다
50호 4점, 60호 1점 판넬비가 150만원이다
3일 되어서야 피곤함이 풀렸다
나도 팍팍 쪼그라드나보다
관짝 만들 돈을 모아야겠다

항변

하나님
늦봄 하늘이
이리 아름다워도
되는 겁니까
안 그래요 부처님
.

.

.

나무아미타불 관세음보살

예구

벽서 쓰는
사랑 고백은 노랑
사랑초는 하얀 사랑이 좋다고
하얀 꽃 피우는데…

.

.

.

아차차

피 흐름

여행갔다 돌아오는 길
깔딱깔딱 숨넘어가는 태양 찰칵했다
태양은 왜 숨넘어갈 때마다 피를 토하나
(태양이 불쌍해서 어떡해…)
그래서 생명의 피는 붉은 것일까

나의 핏줄에 노을이 흐른다
노을에 검은물 들면 죽음이다
육신도, 영혼도, 사랑도, 고통도
일생의 역사도 까맣게 잊혀진다

지평선에 걸린 핏덩어리 태양
동그란 문이 적멸의 문이다
싱싱한 동트면 어둠 올 때까지
태양은 적멸의 문 활짝 열어젖힌다

어둠에서 잉태한 생명들 쏟아져 나온다
핏줄 속에는 아침노을이
생명 보듬고 흐르기 시작한다
고향 떠나는 흐름이다

풍경

정릉천 재두루미 유유자적 노니신다
모가지 길게 늘여 누구를 찾는지
뾰족 돌 올라 먼 하늘 바라보는
고고한 자세는 흔들림이 없다

청수장 폭포는 곤두박질하고
아픔으로 일어나는 하얀 물거품
오리 부부 자맥질은 폭포의 속도로 원을 그린다
계곡물은 너덜겅에서도 자유롭게 흐른다

살아가는 일도
걸림에 아랑곳 않고
시원시원 흐른다면 얼마나 좋을까
다음 생은 물로 태어나고 싶다

푸른 녹음 아래 쉬엄쉬엄 오르는 오솔길
예전에는 뛰어서 올랐는데 오금이 삐그덕거린다
오르고 오르니 멀리 롯데월드타워 흐리므리하게 보인다
123층이라 했는데 새끼손가락보다 작다

내려오는 길에 또 만난 재두루미
허공에 초점 맞춘 우아한 침묵
정릉천 야경은 어둠을 신세계로 만들고
나는 그 아래도 걷고 위에도 걸었다

예나 지금이나

깊숙이 간직했던 이조회화李朝繪畵

오랜만에 펼쳐놓고 차 마시며 감상한다

조선시대 산수山水와 사람들의 생활 상상하며

선계仙界와 만첩산중 떠올리며

한 점 한 점 펼쳐간다

코믹한 정경에 미소도 짓고

기생과 놀아나는 양반의 일탈된 모습도 본다

사람 살아가는 모습은 예나 지금이나

다를 바 없다 생각하며 차 한 모금 꼴깍 넘긴다

유유자적으로 보내는 한 때

휴식의 평상심은 오늘도 평행선이다

서용선 전시 오프닝

벗의 전시회 가는 길
올림픽공원 들어서 가는 길
성남비행장 가는 비행기
하늘 높이 날아라 우리 비행기
THE GALLERY SPACE138
벽에 걸린 작가노트 한 쪽 보였다
글씨체도 영락없는 작품이다
오프닝에 온 많은 작가, 갤러리관장님
미술평론하시는 이인범 교수님
벗의 제자들

스케치북 지참하고 온 소녀는
바닥에 펼쳐놓고 벗에게 배움을 청했다
관람객 둘러싼 가운데
쪼그리고 한 장 한 장 넘겨가며
정성을 다해 배움을 보시한다
그림 뒷면마다 작가노트도 있는
스케치북 다 넘겨가며 손가락 짚어
지도하는 벗의 모습이 아름다웠다
참 행복한 봄날이었다

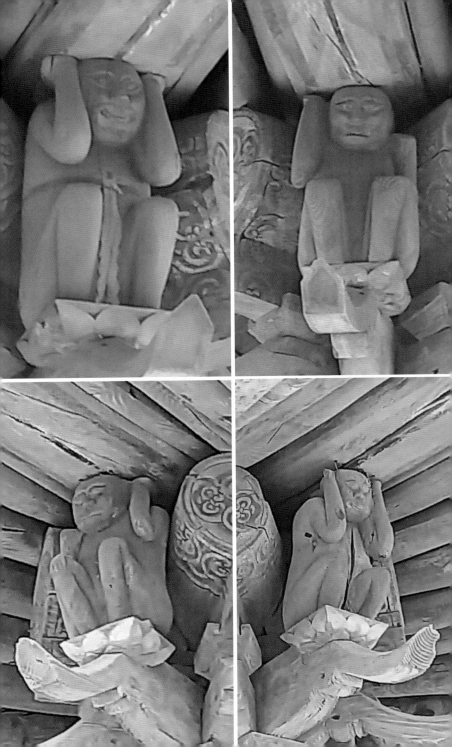

방생

보문사, 전등사, 선원사 둘러보았다

부처님 가피가 있었는지

보문사 마애불 친견하려 수많은 계단

발 오름이 사뿐사뿐하였다

마애불은 강화마을과 바다를 내려다보고 있었다

용왕전 앞 금색 입힌 두 마리 황룡이

입 벌리고 마주보는 조각상 서있었다

전등사 대웅보전 네 귀퉁이 처마 나부상

도망간 부인 징벌하는 목수의 저주 느껴졌다

고려팔만대장경 판각했다는 선원사

작업했던 광활한 장소가 경내에 있었고

고려팔만대장경박물관도 있었다

비운의 역사를 굳이 말해 무엇하랴

그래도 이것만은 말해야겠다

문혜관 스님께서, 보문사에서 쌍화차 사주셨다

천기누설하면 부처님께 벌 받으니

꼬옥 비밀 지키삼

2부

퍼포먼스

벗의 작업실에서 일본 까즈요 꼰노 작가가 퍼포먼스 한다
고… 행위예술도 볼 겸 벗도 만날 겸… 아련한 추억 같은
는개 속을 걸었다 양수역에서 버스에 올라 문호리 종점에
내려 작업실에 도착했다 퍼포먼스 시작할 때 숨죽인 고요,
일본 시인 마오 마쓰다의 시낭송 첫마디, '까악'하는 괴성
에 여러 사람이 깜짝 놀랐다 시낭송은 시종일관 싸움하는
언성 이었다 문제는 일본말을 알아들을 수 없다는 것이다
최선배 님의 트럼펫 연주가 배경 음악 이었다 고정관념 깨
는 연주음은 가녀린 헛바람 소리만 푸~ 푸~ 거렸다 실망
스러웠다 이어서 물 가득 찬 도랑구멍에서 꿀럭꿀럭 물 흘
러나오는 소리가 들리고 천식환자 쌕쌕거리는 숨소리 헛
바람 속 노크소리 비바람소리 논둑개구리 울음소리 돼지
우리 꿀꿀 소리 개울물 흐르는 소리 산사태 나는 소리 외에
도 무수한 소리의 표현이 연주 1시간 20분 만에 끝났다 다
양한 바람소리를 음악 화한, 참 새로운 연주를 들었다 손과
발로 물감 이겨대는 진지한 퍼포먼스, 바닥에 내리치는 물
감이 바지에 튀기도 하였다 깔아놓은 뽁뽁이 밟는 걸음마
다 뽁뽁이 터지는 소리가 뽁 뽀도독 뽁뽁거렸다 파란물감
분홍물감, 서로 엉긴 형태는 고놈의 행진처럼 보였다

태화산 마곡사

고요한 정경이 어머니 자궁 같다
고집苦集이 멸滅한 지상의 보궁 같다
십 승지 중 한 곳이라 했다
6.25전란에도 전쟁을 인식하지 못했다 한다
인간이 추구하는 낙원의 정경이다
영산전 현판은 세조 글씨이다
오백년 간극 건너온 글씨
조카 살해하고 왕王 얻은 자
죄업은 등창으로 세상 떠난 자
마곡사 해탈문 들어서며 해탈하여 경내 둘러본다
대웅보전 부처님께 삼배 올리며
사랑하는 모든 이의 건강과 안녕 기도하였다
처마 풍경에 구름 매달려 뎅뎅 바람을 탄다
경내 가로지르는 하천 연등들
자유로이 둥둥 떠다니는 소원의 윤회
사람 살아가는 자취 또한 저러하리라
민족의 혼 지키며 일생 마친 김구 선생님
피신하여 삭발한 삭발바위 터는 협소하였다
부처님 자비의 억겁세월이 대한민국의 세월이 되기를
부처님께 소원 발원하며 봄날에 점을 찍는다

서울국제불교박람회

전철 3호선 학여울역 1번 출구
SETEC 서울무역전시컨벤션센터
서울국제불교박람회 관람하며
많은 부처님 친견하고 오백나한상과
불교물품들을 두루두루 둘러보았다
이예빈 작가 부스 작품 위에는
자등명 법등명 自燈明 法燈明 문구가 있었다
스스로 깨달음을 구하라는 말씀
깨달음은 어느 순간 화산 폭발하듯
찰나에 오는 것
깨달음은 서두른다고 오는 것이 아니요
게으름 피운다고 오는 것도 아니다
무심한 평상심의 업보가 깨달음으로 인도하니
무주상보시의 업보 비축해 가면
깨달음의 원 이루리라

봄 생명

골목길 걷다 개나리 보았다
개나리 심은 집 처음 본다
골목이 환하다
정릉천 들어서니 부화된 오리새끼들
잠든 어미 옆에 오골오골 앉은
생명의 발랄함
앙증맞은 몸짓이 아름답다
마음도 신나게 팔랑거린다
엊그제 카페 옆 몽우리 졌던
벚꽃 흐드러지게 피었다
가로수 벚꽃 만발하고
떨어진 꽃잎들 인도에 널려있었다
참 쉽게도 떨어지는 꽃잎이 측은하다

2011.
2018.6.30
6.1.3.4.9.8

서용선 作, 멜본 스완슨 스트리트, 162x97cm, Acrylic on canvas, 2018

그림 관람

벗의 그림전시회에 다녀왔다

예술의 혼불 맹렬하게 피워 올리는

벗의 열정이 아름답다

뉴욕에서 작업한 작품도

귀국해서 마무리하여 전시했다고

말하는 벗의 눈이 초롱초롱하다

청담동 Gallery DOO 관장님 벗에게 소개하고

둘러보는 작품 속 무표정한 사람들

현대인의 초상에 표정 없는 세상 반추하는

벗의 마음은 표정이 살아나기를 원하는 것이리라

작품에서 읽혀지는 이야기는 우울하기만 하다

우울의 미학은 어떠한 아름다움이 내재되어 있을까

어둠을 벗하며 돌아오는 길

전철 안 사람들도 표정이 없다

뉴욕 전철의 사람들과 느껴지는 동질감

현대인의 사라진 감성을 증명하는 것이 아닐까

따뜻하고 아름다운 세상 꿈꾸며

찬란한 봄날 환희의 찬가

울려 퍼지기를 희망해 본다

꽃불

풍성하게 개화된 화려한 꽃송이들
무심의 마음이 밝아진다
아상, 인상, 중생상, 수자상까지
몽땅 벗어나 관조하는 해탈의 영매
환희의 희열이 태우는 몸뚱어리
하늘 오르는 꽃불이다
물아일체가 유심조이니
연기의 인드라망은 한 덩어리 다르마

이름 모를 새 종종종 갈참나무 타며
껍데기 틈 부리로 콕콕 찍는다
기생벌레 먹는 건지
날아와 틈에 박힌 씨앗 먹는 건지
알 수가 없다
극락에 만개한 꽃 대궐 법화는
말도 글도 아닌 느낌으로 해석된 영매이다
꽃 지는 화무십일홍이 아승지겁이다

살아야지

북한산보국문역 승강기 입구 민들레
보도블록 틈 뿌리내린 억척스런 생명력
브라보 외치니 자살한 사람들 생각났다
민들레만도 못한 녀석들…
죽긴 왜 죽어…
일가족 동반 자살한 녀석들
온가족 사랑으로 똘똘 뭉쳐
힘내면 이겨낼 수 있는데
죽긴 왜 죽어…
옹골차게 끝까지 빠득빠득 살아야지
천명을 숭배하며 살아야지

진달래

능(정릉) 안 산책길에
진달래 한 송이 엊그제 피어있더니
줄줄이 따라서 활짝 피었다
환한 진달래 마음에 들어오니
생각나는 것이 질펀한 화전놀이라
쩝쩝거리며 거나하게 입맛 다시고
머리에 진달래 꽂으면 또라이로 보겠지

김소월의 진달래 아름답게
설왕설래 해보는 것은 어떠한가
미쳐 돌아가는 시절에
진달래꽃 반가운 사람들은
아름다운 사람
나도 아름답지 않은가
에효~ 착각은 자유여~~~

PEAR JUICE   Gift Se

배도라지주

가족과 함께 즐기는 건강음료

국내산

선물 1

따뜻한 선물 배도라지 즙
건강 염려해 주는 시인님
고맙고 감사한 마음 표하며
따뜻한 봄날을 바라본다

정릉천 옹벽 뿌리내린 백매 피어나
현신하는 꽃송이 차례로 나오겠다
북한산 보현봉과 빼꼼이 얼굴 내민 인수봉
양팔 벌려 쓰담쓰담하였다

구름 덕으로 바라볼 수 있는
태양에 물든 황금빛 구름 흘러가고
북악스카이웨이 산책길
터벅터벅 가고 있다

동마루 전망대 펼쳐진 속세
머리 쳐들지 않아도 보이는 무한중천
시인님 계신 곳 향하여
두 손 모아 안녕을 기도한다

불교문예시인선 047

불교문예시인선 46

푸른 별의 역사는
푸른 글씨로 쓴다

박병대 시집

불교문예

116면 | 10,000원

푸른 별의 역사는
푸른 글씨로 쓴다

박병대 시집

박병대 시인

2011년 《대한문학세계》로 등단
우리시 회원, 불교문예작가회 회원
풀밭 동인지 『강가에 물구나무 서서』
시집 『절벽』 『푸른 물고기의 슬픔』
『단풍잎 편지』 『정릉천 물소리』
서간문 『獄으로 보낸 편지 獄에서 온
서사시집 『정릉마을』

bcdegl@hanmail.net

세상을 향해 유유히 퍼지는 유유자적 詩
가슴속 언어의 열정으로 드리워진 시나위 가락!

시인이야말로 광대라 했다. 무슨 이유가 있겠는가. 그건 '삶의 격정'이요 '펄떡거리는 심장'이ㅁ '간절한 기도'다. 누구를 향해있건 태양과 바다와 달빛과 노을빛을 망라한 총체의 화신인 시다. ㅅ 나위인 탓에 선율의 빛이 세상을 비춘다. 가슴을 풀어헤친 화자의 몸짓을 보라. '선혈'이다. '쇠 의 흐느낌'이다. 그 결론은 '휘발하는 상처'다. 가슴속 언어의 열정으로 드리워진 시나위 한 가ㄷ 이 세상을 향해 유유히 퍼진다. 햇살과 날개가 한통속이다. 날고자 하나 날 수 없는 인간에게는 ㄱ 리하여 시의 날개가 주어진 것 아닌가. 더욱 큰 시적 성취를 넘어선 삶의 평화를 향하여 날갯짓ㅎ 는 박병대 시인의 미래에 갓 피어난 동백의 미소를 보낸다. 붉고도 찬란하게 동백이 피기 시작ㅎ 계절이다. 시나위 선율 따라 곧 만개할 것이다. ㅡ 이민숙(시인)

불교문예 02) 308-9520, bulmoonye@hanmail.net
03656 서울특별시 서대문구 가좌로2길 50 불교문예출판부

62

시집광고

참 부끄럽기 한량없다 달항아리에는 부끄러움만 가득 찬 것 같다 슬픔 기쁨 그리움 서러움 측은지심들 범벅으로 달 항아리 속 또 하나 까만 달 있을 것 같다 커피 생각에 카페 가는 길 나무전봇대 발견했다 많은 날 지나다녀도 못 보았는데 참 어처구니 없다 사라진지 50년은 된 것 같은데 딸랑 독보적 존재로 서있다 동네 개 뒷다리 들어 오줌 싸고 취객들 길가다 오줌 싸며 카타르시스 느꼈었다

리틀피플 카페 들어서니 사장님이 미술작품 걸었다고 손으로 가리켰다 맑고 고운 심성으로 버겁게 살아가는 측은지심에 일전에 갤러리에서 구매하여 기증하였다 힘들 때마다 작품 보며 힘내라고⋯ 삼원색 밝은 소용돌이 조화로움에 좋은 에너지 솟아나기에 볼 때마다 마음 밝아지며 힘내고 피곤함도 풀어지라고⋯ 아메리카노 마시며 축복하고 나왔다

시집 우송할 주소 갈무리 해놓고 우송작업은 다음 주에 해야겠다
왜?
휴식이 필요해서
나를 사랑할 시간이 필요해

목소리를 위한 협주곡
https://youtu.be/KRwN3_BvqAK

비움

책상에 앉으면 빽빽한 책꽂이 책들
머리 짓눌리고 가슴 답답했다
참아온 인내 부수고 몽땅 들어내니
머리 시원하고 답답한 가슴 쾌청했다
비움의 평안한 신비로움 깨닫는 찰나
욕심 비워도 그러하리라는 사유의 화룡점정
상쾌한 마음으로 암 투병 벗과 나들이했다
여러 사찰 다니며 벗의 쾌차 기도하였다
창경궁 향하여 서울대학병원 관통하는데
벗은 두려웠던 공포 상기하며 진저리쳤다
창경궁 거닐며 햇살에 눈부신 백송 사진 찍고
호숫가 벤치에 앉아 활력 있는 벗 이야기 들으며
잔물결 위 반짝이는 윤슬 바라보고
식물원 들어가 꽃맞이하며 예쁘다고 사진 찍는
환자임을 잊은 벗을 보니 마음이 기뻤다
저녁식사 함께 하며 불교문예지 100호 선물하고
나는 네가 다 나았다고 치부했다 하였다
힘내서 밝은 마음 지니기를 당부하였다

터널을 나와서

터널을 달려간다

동굴의 어둠 이리도 빠르게 탈출한다면

절망도 견딜만하겠다

터널 벗어난 산책길

정릉천 왜가리는 버들치 사냥 분주하다

백설 같은 눈부신 몸태 황홀하다

북악스카이웨이 조촘조촘 올라가는 길

검은 고양이 삐죽 내민 혀

한 송이 꽃으로 보인다

메롱 하며 약 올리던 추억의 친구들

생각나는 오후

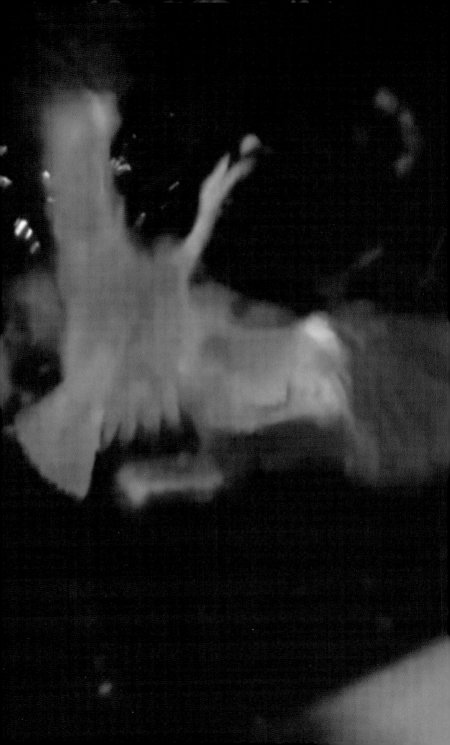

업보

정릉천 오후
산책길 백로 만나고
어둠 내린 늦은 밤 10시 넘어 만난 백로
물속 버들치 노리는 모습이 진지하다
생명이 생명을 먹어야 하는
잔혹한 삶의 비애 푸른 별에 있다
오늘 당신이 먹은 생명은 얼마나 되는가
생명 먹고 사유思惟하는 비애
육보시한 생명에게
내 생명 살리는 은혜
감사하는 업보에 마음이 짓눌린다

허무虛無

수미산 향수해香水海에 발을 담구고

색계 사선천色界 四禪天을 굽어보노라

아득한 공안空眼에 무아無我는 간곳없고

무색계 백운無色界 白雲은 소리 없이 가는구나

1~2행은 설봉 장영철 작가의 유고집 무문관 연창에서
두 행을 설하고 댓구를 이어보라는 설봉의 주문에
필자가 제목을 허무로 하여 3~4행을 댓구로 달았음.

3.1절에

카페에서 만난 튜울립, 무스카리
꽃들이 하나 둘 피어나는가
길게 이어지는 꽃샘추위 나날들
정릉천 산책로에도 꽃들이 피어나겠지

독립투사 선현들께 한없이 부끄러운 날
민족의 본분 망각한 패악이 날뛰는 대명천지
눈부신 하늘도 어둡다

봄날 낮달이 반달이다
파란 하늘에서 온 독립 못하고
반만 독립했다고
반달이 떴나보다

요즘 세대들 독립 부르짖는데
독립 하려거든
반독립 하지 말고
온 독립 하거라

3부

우정선물

텍사스 벗에게 손목시계 볼펜 열쇠고리
해외택배로 받았다
20세 이민 가서 모진 고생 끝에
성공한 자랑스러운 벗이다
오랜 이국생활에도 모국어와 한글 잃지 않은
벗이어서 자랑스럽다

시간 공간 사유思惟하니
선물 꼬리표 달고 시간에 올라타 공간 날아
아름다운 우정을 담아왔다
벗과 함께했던 추억 들춰보며
이민 간다는 말에 조국을 잊지 말라고
정릉천 모래 병에 담아 선물했었다

벗이 떠나는 날 뮤직 박스에서
벗과 즐겨들었던 음악 눈 젖어 들었다
그 중 한 곡만 공개한다
내밀한 비밀 52년 만에 누설한다

The House of the Rising Sun
https://youtu.be/FrT5BT4zo10

염주구슬

우이동 도선사 올라가는 길
웅장한 인수봉 폰에 담았다
어머님 암 투병 지극정성 간호하신 스님
도선사에서 반제 올리고 내려오는 길
카페에서 스님 만나 슬픔 나누었다
초등 동문 직장암 말기 투병
여러 사찰 다니며 쾌유기도 하였다
스님께 암환자 섭생음식 조언 받고
선물 받은 108염주 열심히 기도하다 끊어져
염주구슬 꿰어달라고 스님께 드렸다

스님과 헤어져 영풍문고에서 서적 구입하고
예쁜 카페에서 차 마시며 카페사진 찍었다
돌아와 독서하는 책갈피 사이
작은 염주구슬 끼어있었다
참 신비롭고 경이로웠다
부처님께서 자비의 축복 주신 거라고 치부하였다
8차 항암치료 끝낸 초등친구
장시간 산책도 하고 식사도 원만하게 하고 있다
건강이 호전되고 있으니 참 기쁘다

선물 2

일전에 배도라지 즙 선물주신 시인의 카톡 받았다 여기 오실 수 있나요 무슨 일 있으신지요 보고 싶어 그래요 보고 싶다는 말에 설레다가 안 좋은 일인가 궁금해 하다 뒤척이며 잠들었다 점심 먹고 갔다 무슨 일 있나요 아무 일 없고요 이거 드리려고요 이게 뭐에요 흑염소 즙이에요 사모님 수술하셨다는 말에 쾌차하시라고 내렸어요. 두 박스나 건네주었다

일전에 근황 묻기에 무심코 각시님 수술해서 살림한다 말한 것이 화근임을 깨닫고 가슴이 쪼그라들었다 각시까지 따뜻한 마음 주시는 시인님 고맙고 감사하면서도 황망한 마음에 어찌 할 바 몰라 주저리주저리 하였다

건널목 신호 맷 발 뛰다 박스 손잡이 찢어져 나갔다 차도 복판 팩 즙 쏟아져 황망히 쓸어 모아 인도로 되돌아갔다 악세사리 가게 사장님이 다가와 봉투 드릴까요 이런 천사를 만나다니… 참 고맙기 짝이 없다 봉투 한 장도 따뜻한 마음을 느낄 수 있다는 깨달음이 찰나에 일어났다

서용선 作, 소나무 100×60cm 86년 作, oil on canvas

갤러리JJ 1

친구 작품전시 오프닝
친구 가슴에는 늘 푸른 청청靑靑한 소나무 있다
이글거리는 태양의 불덩어리와
서릿발 같은 차디찬 달덩어리도 있다
평생 사투해온 예술의 길
한 치 벗어남 없는 수도자의 길
꼭꼭 숨겨온 속내에 쌓인 소나무
세상에 드러낸 청청함에
짙은 솔향 간직한 송홧가루
갤러리 안에 풀풀 날고 있다
아픔 벗하며 힘내서 예술의 혼불
환하게 밝혀 아름다운 세상 만들자
포도주 한 잔에 불콰한 얼굴로
친구의 분신 같은 소나무 억세게 끌어안았다
왜 눈물이 글썽이는지 모르겠다

봄 햇살

봄 햇살 퍼진 파란 하늘

아직 겨울잠 자는 앙상한 나뭇가지에

빈곤의 사유 휘돌아 가는데

고독이라는 말 한마디 가지마다 걸려

따사한 봄볕에 고요하다

바람 찾아와 흔들어주면

고독은 깨어나 파르라니

싹 틔울 날 가늠하고 있겠다

고독이 우수수 노래하면

잎새는 더 푸르러지고

마음도 푸름푸름 노래하겠다

나무의 핀잔

늦은 오후 신덕황후 정릉 한 바퀴 산책하며
을씨년스런 숲의 풍경 찰칵거렸다
숲도 인생사 새옹지마 같다는
문득 찾아온 생각
머지않아 잎사귀 파릇 돋아 빈숲 채우겠지
나무는 반야 행으로 겨울을 건너왔을까
번뇌의 새싹들 와글와글 나올 텐데…
번뇌 안고 땡볕 시달리는 고苦 어찌할까
바람에 우수수 노래하며 수행길 즐겁게 갈까
나무가 사유思惟에 들어와 미소 지으며
내 걱정 하지 말고 당신 걱정이나 하라고…
어쩐지 뒤통수가 근질거리더라

하늘문

무한중천 구름도
엄마품이 그리운가 보다
북한산 엄마품에
포근히 안겨있구나

몽촌토성 올림픽공원
평화의 문 웅장하다
날갯짓으로 날아올라
하늘문 되거라

빙벽

청수장 계곡 느적느적 가노라니
앙증맞은 아기빙벽 돌바닥 딛고 있다
참선 수행하는 것 같다
옆구리 활짝 열어놓았다
내 마음 열어 하얀 묵언 나누다가
눈 시려 깜빡깜빡 눈동자 점멸하니
찰나마다 보였다 안 보였다 환했다 어두웠다
색色은 여여 한데 깜박이는 찰나마다
색즉시공 공즉시색
마음 탈탈 털어 공空되어 걷는다
화려한 저녁식사 따끈한 사케 들어가니
몸뚱어리 훈훈해진다
몸뚱어리는 음식이 흐르는 강이다
어둠 내린 세속 윤회하였다
창밖을 보니 아직도 둥그런 달
달아 안녕!!
어두운 속세에 빛 주는 공덕
크다고 자만하지 말거라
그것이 무주상보시니
공덕, 이루 헤아릴 수 없음이라

입춘

광화문 광장 썰렁하다
아기자기했던 모습 간데없이 사라졌다
오세훈의 썰렁한 작품이다
멀리 광화문 보이고
그 뒤 북악산 우뚝 서있는데
광장에 많은 경찰 우뚝 서있다
오늘도 윤석열 퇴진집회 있어
아우성의 메아리 날아갈 것이다
슬픈 현실에 바윗덩이 마음 짓누른다
진정한 봄 언제 오는가
행복한 날은 어디서 서성이나
뒤돌아서 빌딩 사이 멀리 보이는
태평로 바라본다
그 길로 태평한 세월 오는 것을
사유思惟하며 나들나들 걸음한다
꽃은 아직 이어도 봄 왔다
섭리에 순응하니 마음도 봄물 들었다

암 투병 친구와 산책

항암치료 끝낸 초등친구와 점심 먹고
삼청터널 앞 무산선원에 갔다
미륵부처님과 성모마리아님께 쾌유기도하고
만해 한용운의 심우장 들러 뒤뜰도 보았다
조선총독부 보기 싫다고 북향으로 지은 심우장
독립운동과 나라 잃은 슬픔 시로 쓰며
님 계신 북향에 절하듯이
심우장도 그런 상징일 게다
독립의지 청청하게 세우고 노래했던
만해 한용운 선사 목탁소리 염불 올리며
부처님 원력으로 독립되기를 기도했을 것이다
오랜 시간 걸어도 좋을 만큼
친구 건강이 좋아져 참 기뻤다

눈 맞춤

창문 열어 비단어둠 보니 달이 차오르고 있었다
달에게 눈 맞춤하니
나에게 눈 맞춤하는 달
첫눈에 서로가 홀딱 반했다
언어는 상실되고 이심전심의 애틋한 느낌만 상존한다
서로가 묵언수행하는 도반이다

각시와 함께 장보며 고구마, 상추, 방울토마토, 호두
보름이 가까워지니 호두, 땅콩 등장했다
일 년간 부스럼 타지 말라고 부럼 먹으니
호두로 시작해서 보름에는 땅콩 먹어야겠다
고구마 씻어 다듬고 찜솥에 넣었다
.
.
.

찐 고구마 꺼내고 찜 받침 들어내니
찜솥 바닥 엑기스 된 고구마 물엿
젓가락 찍어 맛보니 당도가 엄청 쎄다
설탕도 꿀도 깨갱하고 꼬리 내리는 고당도
사랑과 행복도 이처럼 달달하다

갤러리JJ 2

벗의 작품전시가 내일까지다
오프닝에 다녀온 후
한 번 더 보고 싶었다
갤러리JJ 가는 길 참 추웠다
소나무 좋아 마음에 일송一松
지금도 키우고 있다
갤러리 소나무 작품 따뜻해 보인다
관장님이 대접한 차 마시며
푸름에 둘러싸여
포근한 한 때 보냈다

알송달송한 마음

아기고드름 옹기종기
매달려 옹알이하는데
떠날 채비하는 고요한 백설

내 마음 옹알이하며
고드름 매달려있을까
백설 앉아 있을까

해탈하고 불교 공부하는
멍청한 마음에
무엇이 매달려있을까

마음 일어나
소멸되어 공空으로 있는데
소멸되지 않은 공부 탐진치

새 생명으로 피어나는 마음인지
알송달송한 세상처럼
내 마음도 알송달송 하구나

까치설날

멀리 보이는 잔설 앉은 북한산
신선이 누워있는 것 같다
우람한 품에 안긴 정릉마을의 고요
마을사람 웃음소리 가득하면 좋겠다
정릉천 들어서니 물에 앉아 명상 젖은 어린 왜가리
어미는 경계하며 치켜세운 목 먼 곳 본다
풀려가는 얼음은 가장자리 아름다운 그림 되고
언덕바지 냥이 은밀한 발걸음
얼음의 자화상은 티없이 맑은 빛이다
오늘은 까치설날
어제 우편물 꺼내들고 집에 온 아들
선물 온 시집 관리비 명세서 건네주며
자동이체했으니 따뜻하게 지내시라 한다
마음에 느닷없이 봄이 와 웅얼거렸다
이제 다 컸구나
내일 떡국은 참 황홀하겠다

4부

안개

안개가 하루를 껴안고 있다
우산 없이 걸어도 옷 적시지 않았다
사라져가는 슬픔의 모습이 안개다
산란하는 가로등 불빛 너머로
밤안개 꼬까옷 입혀주는 신호등 색채
북악스카이웨이 산책로 소나무에
안개눈물 방울방울방울방울
자정되어도 귀신은 보이지 않았다
퇴마 술 없는 나는 그리하여
예수님 부르지 않아도 되었다
공空으로 동체대비同體大悲되어 하루가 갔다

는개 속에서

얼마 만에 보는 는개인가

반가운 마음 둥둥거려 는개 속 걷는다

는개에 묻힌 정릉마을

북한산 는개에 먹혀 보이지 않았다

는개에서 상쾌한 물 냄새 난다

는개가 끌어안은 정릉천

정릉천이 끌어안은 는개

선후 없는 한 몸의 일체 정경이 감미롭다

정릉천 오리 어우러져 신명난 물질

힘찬 부리짓이 삶의 교향곡이다

비애는 는개 속에 눈뜨고

고집멸도 숨겨주는 는개의 자비

그 속에 내가 있었다

눈 맞이

함박눈 펑펑 내리는
자정 가까운 정릉천 산책
하얗게 쌓인 눈벌 위 함박눈 그림자
이리저리 허공에 자취 만든다

밟히는 눈은 복 씻어준다고
옮겨놓는 발밑에서 뽀드득거린다
정릉천 설광의 세계에 가끔 보이는
어느 처자 시린 손으로 출산한 눈사람

천변풍경 카페 앞
함박눈 맞으며 함께 펑펑 복 받자고
카페 사장님께 전화했다
함께 걷는 눈밭 길

이중창 뽀드득 노래
아니, 발이 네 개니까 사중창이지
상쾌한 바람에 상기된 마음 마냥 좋아
눈 맞이 풍경으로 자정 넘어 돌아왔다

애련

길바닥 맞닿은 반 지하에는

오금 웅크리고 잠든 사람 있을까

보일러 연통 아래 창문 지키며

동병상련 앓는 빙한冰寒의 두 몸

방울방울 눈물로 일어선 차가운 침묵은

웅크린 사람 안아주지 못해

수호신으로 행복해하는 투명한 의지

창문에서 웃음소리 들리기를 기도하다가

포근한 햇살에 떠날 때 헤아려보기도 하겠다

꽃송이 찾아오는 따뜻한 날 위하여

시린 하늘 바라보며 따뜻한 사람들 그리워지는

그리움의 꽃송이 성미 급하게 피워본다

봄동

먼저 나온 잎 춥다고

나오는 잎마다

앞선 잎 덮어주는 봄동

봄동 잎은 쓰러진 것이 아니다

활짝 열어놓은 자궁으로

생명 지켜가는 사랑이다

누워 이기는 생명력에 찬사 보낸다

봄동 겉절이 먹으며

육보시 공덕에 합장한다

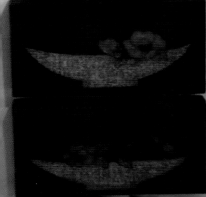

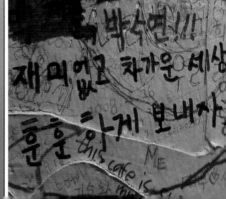

갤러리 그리고 카페

갤러리 그림 관람한다

삼매로 인도하는 옻칠작가 작품

고요한 마음 만들어

다완에 빠질듯한 동백에 젖어들었다

봄동의 푸름에 어울리는 붉음

봄동도 푸름 아닌 붉음이라면

환장하게 예쁜 꽃이라고 불려질 터인데…

다리쉬임하러 비눗방울 날리는

예쁜 카페 들러 차 마시며

다녀간 손님들 끄적거린 벽서 읽는다

'재미 없고 차가운 세상

 나랑 같이 훈훈하게 지내자'

차갑게 인식한 세상

얼마나 마음 시려웠을까

따뜻하게 손잡아주는

사람 있기를 바람 하였다

안위

미국 전역에 눈 폭풍 재난 영하 45도 강추위 뉴스 시애틀
김영호 시인께 안부전화했다 피해 없다는 말씀 기뻤고 비
가 와 쌓인 눈 많이 녹았다 한다 사모님은 미장원 나오다
미끄러져 팔 삐었다는 사모님 쾌차 기도하며 통화 끝냈다
외출했다 돌아오니 시인께서 보내주신 크리스마스카드
우편함에 꽂혀있었다 마음이 따뜻해진다

식당에서 식사하며 벽에 걸린 지게 보니 고생하신 많은
부모님 생각으로 숙연해진다 초저녁 하늘 소멸해가는 하
현달 늙으신 부모님 모습 같아 처연해진다 부모 등골 빼
먹고 방임하는 자식들 어찌 그리 많은지, 저물어가는 한
해 말미 부모님 돌아보는 따뜻한 마음이 있기를…

사랑은

나는 너를 사랑하지
너는 사랑하지 않아

널 사랑하려 고민해
너도 나처럼 그렇지

~는 사랑해도
~는 사랑 안 해

사랑으로 까불지 마라
사랑은 신성한 것이니

운명의 무게

백로가 물그림자 고요히 내려다보고

날개 접은 까마귀 물에 들어 제 모습 바라본다

태초에 부여받은 유전자 본색

운명이라고 이름해 본다

한 세월 짊어진 운명의 무게는

백이나 흑이나 다를 바 없다

삶 끝나면 공空되는 섭리

괴로움 짊어지는 것은 자신의 운명이다

본색을 부정할 때 스며드는 괴로움

무명으로 파도처럼 영위하는 삶은

긴 한숨만 나온다

날개에 머리 묻고 물속에 잠든 각시

바위에 올라앉아 지켜주는 신랑

거짓 없는 사랑으로 삶을 영위하는

오리 부부 순애보 참 아름답다

그림선물

서양화가 이사경석 님께 그림선물 받았어요 나의 세 번째 시집 『단풍잎 편지』에 수록된 산길에서를 읽고 그린 작품이래요 따뜻한 선물 받으니 어린애마냥 가슴이 콩닥거려요 참 고맙고 감사합니다 받기만하고 드린 것 없이 번개같이 헤어졌어요 코로나로 하여 마땅히 차 마실 곳도 없고 점심과 저녁 사이 식사할 게제도 아니어서 어쩌면 좋을까 고민하는데 어서 가시라고 재촉하여 허전한 마음으로 돌아왔어요

방황

왜가리 방황의 날갯짓

멀리 날지 않았다

방구석 뱅뱅 도는

내 모습 같다

물위 솟은 독도 같은 섬에

오롯이 발 딛은 가냘픈 다리

일순간 명상 후에

비상하는 날갯짓 애처롭다

오늘도 웅크린 날씨

냉기 감도는 몸뚱어리

어디서 후끈하게 데울 수 있을까

방황은 춥다

고독이 옹기종기

춥다
꽁꽁 얼굴 감싸고
주머니 찔러 넣은 쓸쓸하다는 형용사
한 발 두 발 자국마다 고이는
고독 나부랭이들

고독과 쓸쓸함 사이로
파고드는 아다모의 눈
창밖 가로등 옹기종기 밝힌 고독들
서로가 환하게 보듬고 있는
눈물나게 정들어가는 시네마

서로 추운 계절의 북쪽
외로움끼리
꽃피는 봄까지 끌어안고 있기를
가로등 불빛처럼
환하게 기도하는 밤

함박 같은 정 그리운 고요에
함박눈 소복소복 소리 없이 쌓이는
하얀 세상 그림에도
따뜻한 정 담뿍 들어 춥지 말라고
낙엽 같은 두 손 고요히 모았다

여러 날의 초상

비 온다는 일기예보 창문 열어 하늘 보니 수평선처럼 경계 지은 구름이 장엄하다 묵청빛 북한산자락도 구름과 경계 지었다 자연미 상실한 경계에 보이지 않는 중생의 경계가 차갑게 마음에 앉았다 정릉천 백의의 잉어는 뽀얗게 해탈했는지 신바람나게 물속을 달리고 있었다

다음날 바라본 하늘에는 비천飛天 구름 파란 하늘 수놓으며 날아가고 어제 내린 비에 불어난 정릉천 떼 지은 오리 운동회 한창이다 찬바람에 웅크리고 타박타박 삼각산 경국사 경내 들어갔다 길옆 늘어선 부도탑 지나 범종각 범종, 북, 목어, 운판 보았다 산책 중 들리던 범종소리 네가 거기서 울었구나 관음전 합장배례하며 친구 병마 쾌차하기를 기도하였다

하루 지난 오늘 영하 7도 바람 얼얼하게 차갑다 정릉천 왜가리도 추워 웅크리고 버들치 사냥삼매 들어있다 오욕五慾으로 지나온 세월 끝 나무도 홀딱 벗고 동안거冬安居 드신 것 같다 곁가지 실가지 드러내 텅 빈 속내 활짝 열어 중생들 읽어보라고 한 세월 선물한 것 같다 나도 동안삼매冬安三昧들어 고집멸도 부숴봐야겠다

하늘을 오르고 싶다

솟대에 앉아
하늘만 바라보는 새가 되기는 싫다
거추장스러운 껍데길랑 벗어던지고
나팔 불며 하늘 오르고 싶다
티스푼 속 나의 안식처
오롯이 담겨있듯이
따뜻한 사랑 오롯이 영혼에 담아
뚜뿌뚜뿌 나팔 불며 하늘 오르고 싶다
그리하여 구름 되어 노닐다가
비 되고 눈 되어 지상유람 하다가
바람 되어 하늘 간다면
참 좋겠다

생生과 사死

떠날 때를 알고 간
이파리들 사이로
피어날 때를 알고 온
꽃 한 송이
바위 틈 딛고 일어선
숨 멎을 경이의 생명에
숙연해지는 오후

가을걸음

나의 속도 푹 익은 가을일 게야

내딛는 걸음은 겨울로 가는 게야

백설 휘날리는 분분한 눈보라에

여윈 몸 묻으러 가는 걸음일 게야

마지막 한 숨 토하여

무無 되어 허虛 되고

공空 되어 허무虛無 허허虛虛 허공虛空으로

삼위일체 무량겁三位一體 無量劫으로 태어나는 게야

그래서 푹 익은 가을을 걷는 게야

불교문예시인선 057

맥 울음

초판 1쇄 발행　　2023년 9월 10일

지은이　　　　　박병대
발행인　　　　　문병구
편　집　　　　　구름나무
디자인　　　　　쏠트라인
펴낸곳　　　　　불교문예출판부

등록번호　　　　제312-2005-000016호(2005년 6월 27일
주　소　　　　　03656 서울시 서대문구 가좌로2길 50
전화번호　　　　02) 308-9520
전자우편　　　　bulmoonye@hanmail.net

ISBN　　　　　978-89-97276-73-8 03810

＊이 시집은 한국예술인복지재단의 창작지원금 일부를 지원받아 제작하였습니다.

불교문예시인선